A mis hijos, Mona, Nils y June.

T.-M. L.T.

Yo también…

R. D.

Tercera edición: junio 2012

Traducción: P. Rozarena

Título original: *Babayaga*

© Hachette Livre: de esta edición, 2008; de la primera edición, 2003
© Editorial Luis Vives: de esta edición, 2009; de la primera edición, 2004
Carretera de Madrid, km 315,700
50012 Zaragoza
Teléfono: 913 344 883
www.edelvives.es

ISBN: 978-84-263-7248-2

Impreso en China

Babayaga

Taï-Marc Le Thanh

Rébecca Dautremer

EDELVIVES

Babayaga sólo tenía un diente.
Puede que por eso fuera tan mala.

Desde pequeñita tuvo que sufrir las burlas
de sus compañeros, y nadie, ni siquiera
Papayaga y Mamayaga, pudieron consolarla.

Ella quería ser como los otros niños a toda costa
y aprendió a silbar, a mentir, a eructar
y, sobre todo, a masticar con un solo diente.

Sólo para practicar, se comió su perro Guauguauyaga,
aunque en el fondo no le gustaban los animales.
Bueno, los guisados, sí.

Pero los niños se burlaban de ella todo el tiempo
y Babayaga se volvió mala.

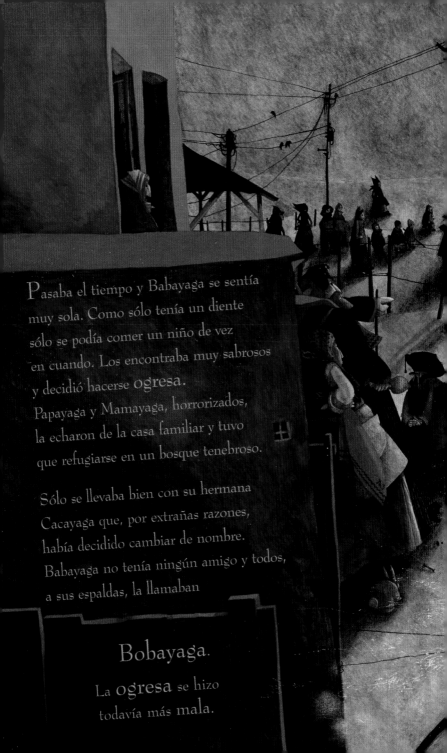

Pasaba el tiempo y Babayaga se sentía
muy sola. Como sólo tenía un diente
sólo se podía comer un niño de vez
en cuando. Los encontraba muy sabrosos
y decidió hacerse **ogresa**.
Papayaga y Mamayaga, horrorizados,
la echaron de la casa familiar y tuvo
que refugiarse en un bosque tenebroso.

Sólo se llevaba bien con su hermana
Cacayaga que, por extrañas razones,
había decidido cambiar de nombre.
Babayaga no tenía ningún amigo y todos,
a sus espaldas, la llamaban

Bobayaga.

La **ogresa** se hizo
todavía más mala.

Cuando llegó a vieja,
Babayaga seguía
comiéndose a los niños:
tartas de mofletes,
pasteles de chavalas con aceitunas,
mamoncillos... mm... en su jugo,
rapazuelos asados al limón.

Y entonces, abrió un restaurante:

El bebé sabrosón.

Como era una ogresa de buen gusto, había cuidado
la decoración hasta los más mínimos detalles.
Pero jamás fue nadie a su restaurante:
eso hizo que fuera todavía más
mala, muy **requetemala**.

Un día en que la vieja ogresa no tenía nada
que llevarse al diente, se dirigió a su hermana
Cacayaga, que ahora se llamaba Madrastra.
Estaba casada con un aldeano viudo
que tenía una hijita llamada Miguita.

Miguita era bella como una flor,
Madrastra era fea como un diablo.
Madrastra odiaba a Miguita.
Las hermanas se pusieron de acuerdo,
y decidieron aprovechar un pretexto
para deshacerse de la niña.

Una mañana, con su voz más falsa y melosa,
Madrastra dijo a Miguita que fuera a casa
de su hermana a buscar hilo y aguja para hacerle
una camisa.

La niña sospechó enseguida que su madrastra
le estaba preparando una trampa, pero insistía
tanto que no tuvo más remedio que ponerse
en camino.

Al salir de casa, se encontró de pronto con un sapo.
Parecía tan **simpático** que le dio
un beso.

El sapo se convirtió en un sapo parlante:

—Has sido muy amable al besarme.

Y para agradecértelo, quiero avisarte de algo:

Supongo que vas a casa de Boba...ejem...

... Babayaga.

Se cuentan muchas cosas de esa vieja:

que es una ogresa hambrienta de carne fresca,

que vive en una choza que se apoya

sobre unas patas de águila...

Se dice que viaja sentada en una artesa,

que borra su rastro con una escoba; e incluso

que tiene dos dientes, pero eso no está comprobado.

Al ver que la niña palidecía de miedo, trató de animarla:

—También he oído decir que se recomienda

a quienes vayan por el camino del bosque

tenebroso que lleven una aceitera,

una cinta, dos cortezas de queso

y un trozo de tocino en un zurrón.

—Gracias, sapo —dijo Miguita—; como no quiero
correr ningún riesgo, iré a visitar a mi tía **la ogresa**
con todo eso, aunque no sé para qué me va a servir.

Miguita volvió deprisa a su casa para reunir
todo lo que necesitaba.

Y así, Miguita se encaminó hacia
el bosque tenebroso.
Después de andar y andar, llegó a la siniestra
morada de Babayaga.

Miguita cruzó temblando la verja oxidada.
Dio tímidamente tres golpecitos en la puerta, y Babayaga abrió.
La niña no esperaba un recibimiento tan amable.
La tía le ayudó a quitarse el abrigo.

Miguita apretó su zurrón contra su pecho.

—¡Qué alegría verte, corazoncito! Deja que te ayude
y dame ese zurrón; ¿qué es lo que llevas
con tanto mimo?

—Unos juguetes que me gustan mucho, tía —respondió Miguita.

Observó un hilillo
de baba que resbalaba
por la barbilla de la anciana
y también un ligero brillo
de crueldad
en sus ojos amarillos.

Miguita, aunque asustada,
dijo el motivo de su visita;
Babayaga le contestó:
—¡No hay **prisa**, cariñito!
Voy a buscarte todo eso
que me pides y, además,
a prepararte un baño calentito.

Miguita se quedó sola pensando
qué podría hacer para
escapar viva de aquella **casa**.
Todo lo de la habitación
le daba miedo:
la cabeza disecada de una cabra,
la enciclopedia de verrugas,
el pasapurés gigantesco,
los calzones de terciopelo,
el pellejo seco de un gato rayado
y la colección impresionante
de **cepillos de dientes**.

Estaba claro que a Babayaga
no le faltaba de **nada**.

La vieja ogresa volvió:
—Tu baño está listo, preciosa mía.

Miguita probó suerte:
—¿Quieres tocino, querida tía?
No hubo respuesta.
—¿Una cortecita de queso, quizá?

Babayaga fue a buscar el hilo
y la aguja sin hacer caso.

Miguita aprovechó la ocasión
para mirar en el cuarto de baño.
Al acercarse a la bañera
vio con horror
que en el agua flotaban
trozos de zanahoria, de patata,
unas hojas de laurel y nabos.
La chiquilla se llevó tal susto
que le entró hipo.

¡Tenía que escapar
y cuanto antes mejor!

Al salir de la habitación, se topó
con un gato negro y esmirriado.

La miraba amenazadoramente
con unos feroces ojos verdes.
Muy despacio le fue mostrando sus uñas, una a una,
que brotaban de sus pezuñas con un chasquido.

Miguita tuvo miedo de que se las clavara en los ojos.
Metió la mano en su zurrón y rozó la cinta.
El gato seguía acercándose.

Buscó y encontró la aceitera.
El gato estaba ya a pocos pasos.
Volvió a rebuscar y sacó el trozo de tocino.
Se lo tiró al gato,
que se lo zampó de un solo bocado.
Saciada el hambre, se tumbó de espaldas ronroneando.
Miguita se acercó y le rascó la tripa.

El minino se relamió
los bigotes:
—¡Buenísimo tu trozo
de tocino! ¡Hacía tiempo
que no había pillado nada igual!
Te debo un favor...
Toma este peine y esta servilleta y, palabra de gato negro,
que te ayudarán a escapar.
No dijo nada más y Miguita siguió su camino.

De pronto, se encontró cara a cara
con dos perros sarnosos que le mostraron sus colmillos:
—¡Te hemos visto hablar con el señor don Gato!
¡Eres igual que una **rata!**
¡Y tan verdad como que dos y dos son cinco,
los amigos de nuestros enemigos
son **nuestros** enemigos!

Esta vez, la niña volcó de golpe
todo el contenido del zurrón en el suelo.
Los perros olisquearon la aceitera,
despreciaron la cinta y se lanzaron
glotones sobre las cortezas de queso.

Miguita reemprendió la **huida**.

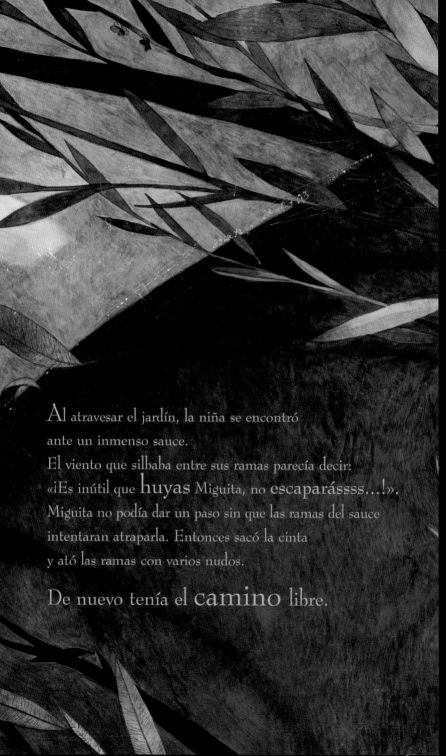

Al atravesar el jardín, la niña se encontró
ante un inmenso sauce.
El viento que silbaba entre sus ramas parecía decir:
«¡Es inútil que huyas Miguita, no escaparássss...!».
Miguita no podía dar un paso sin que las ramas del sauce
intentaran atraparla. Entonces sacó la cinta
y ató las ramas con varios nudos.

De nuevo tenía el camino libre.

Miguita se dirigió hacia la salida, donde la esperaba
la puerta de la verja chirriante.

La empujó con todas sus fuerzas para tratar de abrirla.

Pero sólo oía horribles chirridos que parecían decirle:

«Chirruic..., chirriaic...,
no has entendido lo que te decía el sauce,
grrr..., churriac... ¡no podrás pasar! Grrr...».

Miguita sacó su aceitera y engrasó los goznes
de la puerta, y sí pudo salir.

Pero Babayaga, al notar
su desaparición, salió
de su casa voceando:

—¡Te has olvidado el hilo
y la aguja, estúpida!

Y se volvió furiosa hacia el gato,
los perros, el sauce y la puerta:

—¡Asquerosos **traidores**! ¡Habéis dejado **escapar**
mi almuerzo! ¡En cuanto vuelva os guisaré a **todos**!

Sólo el sauce se atrevió a susurrar:

—Fue sin querer...

Miguita salió **corriendo** a todo **correr**
y Babayaga se lanzó en su persecución.

Miguita volaba más que corría.
Pero pronto sintió
el aliento abrasador
de Babayaga cerca de su nuca.
Sacó la servilleta
que le había dado el gato
y se la puso en la cabeza.
No ocurrió nada.
Se la ató a la cintura...
... a la pierna...
... al brazo...
No pasaba nada. ¡Babayaga estaba muy cerca!
Desesperada, Miguita tiró la servilleta al suelo.

Entonces se convirtió
en un río muy ancho que cortó el paso a la ogresa.
Babayaga lanzó un alarido terrible.

Corrió en busca de sus dos bueyes, que pastaban
en un prado. Eran los únicos que no la habían traicionado,
pero como habían trabajado todo el día,
estaban agotados:
—¡Doble ración de heno, si os bebéis
el agua de este río!
No tuvo que repetirlo: los dos bueyes eran unos glotones.

Una vez que los bueyes se bebieron el agua,
Babayaga pudo continuar la persecución.
Pero Miguita no iba a dejarse
sorprender otra vez.

Sacó el **peine**
que le había dado el gato
y, justo cuando la ogresa iba a agarrarla,
lo tiró al suelo.

Al instante, un **tupido** bosque
envolvió a la ogresa
y le impidió avanzar
para atrapar a la niña.
Babayaga estaba rabiosa
y vociferaba entre las ramas:
—¿Qué crees que te dirá Madrastra
cuando te vea volver
con las manos vacías?
¡Pensará que la has desobedecido
y te castigará!

Miguita no le hizo caso
porque sabía que acababa
de escapar de Babayaga, la **terrible** ogresa.

Miguita llegó, por fin, a su casa, agotada pero sana y salva.
Le contó a su padre todo lo que le había pasado; él empuñó
su garrote y echó de casa a su malvada mujer diciendo:
—Debería haber desconfiado de ti desde el principio,
aunque sólo fuera por tu nombre.
Madrastra huyó sin esperar más explicaciones.

Miguita se acurrucó en los brazos de su padre
y su terrible aventura pasó a ser sólo un mal sueño.

Al día siguiente, la niña se encontró al sapo parlante,
le dio las gracias por su ayuda y volvió a besarle otra vez:
¡le parecía un sapo tan simpático!

Allá en su siniestra morada,
Babayaga se sentía furiosa.
Una vez más, una niña
pequeña había resultado ser
más lista que ella.

Del barrigón de la ogresa
se escapó
un siniestro gorgoteo.
Y el **diente** crujió.

¡Babayaga seguía
teniendo hambre!